¡Zas!

Escrito por
Mary Margaret Pérez-Mercado

Ilustrado por
Richard L. Torrey

Children's Press®
Una división de Scholastic Inc.
Nueva York • Toronto • Londres • Auckland • Sydney
Ciudad de México • Nueva Delhi • Hong Kong
Danbury, Connecticut

Estimado padre o educador:

Bienvenido a Rookie Ready to Learn en español. Cada Rookie Reader de esta serie incluye páginas de actividades adicionales ¡Aprendamos juntos! que son apropiadas para la edad y ayudan a su niño(a) a estar mejor preparado cuando comience la escuela. *¡Zas!* les ofrece la oportunidad a usted y a su niño(a) de hablar sobre la importancia de la destreza socio-emocional de ayudar a los demás.

He aquí las destrezas de educación temprana que usted y su niño(a) encontrarán en las páginas ¡Aprendamos juntos! de *¡Zas!*:

• similar y diferente

• contar

• rimar

Esperamos que disfrute esta experiencia de lectura deliciosa y mejorada con su joven aprendiz

Library of Congress Cataloging-in-Publication Data

Pérez-Mercado, Mary Margaret.
 [Splat! Spanish]
 ¡Zas!/escrito por Mary Margaret Perez-Mercado; ilustrado por Richard L. Torrey.
  p. cm. — (Rookie ready to learn en español)
  Summary: When a father and his daughter attempt to frost a cake together, more icing ends up around the room than on the cake. Includes suggested learning activities.
  ISBN 978-0-531-26120-0 (library binding) — ISBN 978-0-531-26788-2 (pbk.)
  [1. Icings, Cake--Fiction. 2. Cake—Fiction. 3. Fathers and daughters—Fiction. 4. Spanish language materials.] I. Torrey, Rich, ill. II. Title.

  PZ73.P476 2011   [E]—dc22   2011011620

Reconocimientos
© 1999 Richard L. Torrey, ilustraciones de la cubierta y el dorso, páginas 3–30, 32.

Hicimos un pastel.
A Papá le ayudé.

Pero,
¡qué desastre fue!

Se cayó el relleno.
Llegó al suelo.

Pegó contra la pared,

8

y contra la puerta también.

Cayó encima del perro.

Cayó encima del gato.

Le cayó encima a Papá con un gran . . .

18

A Mamita

y a mi culebra les saltó,

¡pero NUNCA, NUNCA
al pastel llegó!

¡Felicidades!

¡Acabas de terminar de leer *¡Zas!* y descubrir lo divertido que puede ser ayudar a los demás!

Sobre la autora

Mary Margaret Pérez-Mercado recibió un título de Bachiller en Artes de la Universidad Estatal de California y un título de Maestría en Ciencias Bibliotecarias de la Universidad de California, Los Ángeles. Vive con su marido y dos hijas en Tucson, Arizona.

Sobre el ilustrador

Richard L. Torrey ha sido un ilustrador, caricaturista unionado y creador de una extensa línea de tarjetas durante los últimos quince años.

Rookie READY TO LEARN en español

LIBRO DE ACTIVIDADES

¡Zas!

¡Aprendamos juntos!

Echa una mano

Vamos al grano,
echa una mano,
mete el hombro.
No importa si ayudas
a uno o a cien,
seguro te vas
a sentir bien.

Encuentra la diferencia

La niñita tenía muchas mascotas. Observa cuidadosamente a las mascotas. Dos de cada fila son iguales. Una es diferente.

Señala la mascota que es diferente en cada fila.

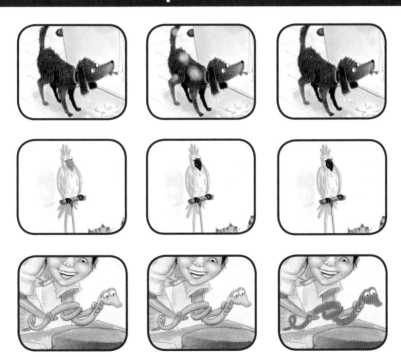

Contar en la cocina

¡En esta cocina hay de todo!

Mira a las cajas abajo.
Cuenta cuántas cosas
hay en cada caja.
Ahora, encuéntralas y
cuéntalas en la cocina.

Le cayó a...

La niñita y su papá hornearon otro pastel. De nuevo, el relleno hizo ¡zas! Para enterarte a qué le cayó esta vez, escoge las palabras que riman y señálalas.

Le cayó al
gato

Le cayó al
rana   zapato

Le cayó a la
silla

Le cayó a la
sombrilla   vaso

CONSEJO PARA LOS PADRES: A los niños les encanta la repetición. Les resulta cómodo saber qué esperar. Repetir la misma frase en un libro ayuda a su lector novato a desarrollar destrezas narrativas y el reconocimiento de palabras.

Sigue la receta

¡Piensa qué te gustaría hornear!

VAS A NECESITAR: una receta **papel**

un lápiz

1
Busquen recetas en un libro de cocina o creen la suya propia. Hagan una lista de los ingredientes que van a necesitar.

2
En el supermercado, encuentren los productos y táchenlos de la lista.

3
Cuando estén en casa, sigan la receta paso a paso.

CONSEJO PARA LOS PADRES: Seguir las instrucciones de una receta para hornear o cocinar algo es una manera divertida de enseñarle a los niños cómo seguir instrucciones y medir. Hable con su niño(a) sobre por qué es importante seguir los pasos en orden. Según siguen las instrucciones, hágale a su niño(a), preguntas que requieran pensamiento crítico, como: "¿Qué pasaría si horneamos el pastel por tres horas en vez de 30 minutos?".

Lista de palabras de ¡Zas! (39 palabras)

a	el	Mamita	qué
al	encima	mi	relleno
ayudé	fue	nunca	saltó
cayó	gato	Papá	se
con	gran	pared	suelo
contra	hicimos	pastel	también
culebra	la	pegó	un
de	le	pero	y
del	les	perro	zas
desastre	llegó	puerta	

CONSEJO PARA LOS PADRES: Reúna a la familia para jugar al "teléfono". Primero, invéntese una oración con su niño(a) utilizando una o varias palabras de la lista. Susurre la oración a un miembro de la familia. Luego, pídale a ese miembro de la familia que le susurre la oración a la persona que tenga al lado. Anime a todo el mundo a escuchar con cuidado cuando sea su turno. Pídale a la última persona a decir la oración en voz alta, para el grupo. Vea lo parecida que es la última oración a la oración original que usted creó con su niño(a) utilizando las palabras de la lista.